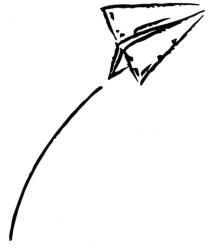

ZAIDU YUANYOU

再度远游

吴懋岩 著

江西高校出版社
JIANGXI UNIVERSITIES AND COLLEGES PRESS

南昌

图书在版编目（CIP）数据

再度远游／吴懋岩著. -- 南昌：江西高校出版社，
2025. 1. -- ISBN 978 - 7 - 5762 - 5012 - 1

Ⅰ. Ⅰ227

中国国家版本馆 CIP 数据核字第 2024B9U008 号

策 划 编 辑	陈永林	责 任 编 辑	王良辉
装 帧 设 计	辉汉文化	责 任 印 制	涂 亮

出 版 发 行	江西高校出版社
社　　　址	江西省南昌市洪都北大道96号
邮 政 编 码	330046
总 编 室 电 话	0791 - 88504319
销 售 电 话	0791 - 88511423
网　　　址	www.juacp.com
印　　　刷	永清县晔盛亚胶印有限公司
经　　　销	全国新华书店
开　　　本	880 mm×1230 mm　1/32
印　　　张	7.125
字　　　数	178 千字
版　　　次	2025 年 1 月第 1 版
印　　　次	2025 年 1 月第 1 次印刷
书　　　号	ISBN 978 - 7 - 5762 - 5012 - 1
定　　　价	58.00 元

赣版权登字 -07 -2024 -499

自 序

当我开始写这篇自序时，猛然发现，我因为工作忙，已许久没有创作了，有些未完成的文字被我长久地遗忘在一角。如果我现在去读，仍然不会觉得陌生。

对我而言，文字总是如此，它像一根轻而柔的丝线，穿起日常生活中那些飞驰而过的时刻，当我不去触碰，它就随风飘荡，但当我去寻觅它，它就一直在我身边，那样亲近。

诗歌又尤其独特，我爱它的简洁，也爱它的空灵。即使是写一篇散文，我也要斟酌许多。我仍记得高中那位我敬爱的语文老师说的"形散而神不散"。但是诗歌却不需我斟酌过多，它如同一颗流星，在思想的夜幕中一闪而过，刹那间照亮整个宇宙，却转瞬即逝。每当我为了诗歌中的某个字或某句话反复思忖，最终得出的结论总是——最初的字句读来最自然。

我也曾想过，我这样的写诗方式，是否太不成熟了？有多少诗人字斟句酌，才酝酿出千古名句。但我转念又想，如果写诗就是为了留下一些令人传颂的文字，那我就不会喜欢了。我爱它，是因为它自由。

我于是不知疲倦地写着，从不自我批判，从不自我怀疑。我想，诗歌如果有正确答案，那就是忠实于自我。

我的自我并不是诗歌塑造的，但是诗歌中的文字却默默记录了我探索自我的过程。曾经，我被低落的情绪笼罩，便由着自己写下了忧郁的文字："我从一片金黄的云彩里，走向乌云，为了配合忧伤的氛围，穿了一身蓝"；当我发觉希望，我便写下："啊，我忘了抬头，看洒在树上的光，原来太阳东升了"；当我决意站立，我便借由诗句呐喊："走到大雪纷飞时，我以我的足，为大地献礼，令大地在冬季，也能花开遍地"……

我因为自己名不见经传，并不为自己在写诗方面的粗糙和任性感到愧疚。我全然爱着这种自由。我想，这是诗歌给予我最珍贵的礼物。

如今，我要为自己的诗集写一个序时，我并不预想这些文字会到谁的眼前，但是，我那在诗歌中建立的自由任性的灵魂告诉我，这些文字去向的地方，聚集着我熟悉的和陌生的朋友。他们和我一样，只是期望诗歌像一根轻而柔的丝线，悄无声息地穿起我们或许有些繁重的日子，带我们更轻盈地走下去……

吴懋岩

2023 年 11 月 21 日于香港

用诗的言语同自己对话

——诗集《再度远游》代序

侄女懋岩发信息说帮她的诗集《再度远游》写一篇序言，我收到信息实属忐忑。虽然自己曾于二十年前出版过一本诗集《爱的剪影》，之后每年也曾胡乱地涂鸦几首小诗，奈何自己寂寂无名，才疏学浅，况且这么庄重、严肃、正式化的序言确实不曾涉猎，这于自己是一个不小的挑战，担心简要的文字无法解读懋岩深邃的诗。受其所托，在《再度远游》出版之际赘言几句。

这个时代，文字的力量被赋予了新的意义。在新媒体和虚拟世界的影响下，我们似乎疏远了真实的情感。在这样的背景下，懋岩希望通过她的诗歌，与读者们建立起真挚而深厚的联系，一起跨越时空的界限，感受人类情感。《再度远游》融入了诗人对生活、情感和人性的思考。通过每一个字句，诗人试图捕捉和展现那些平凡而又深刻的瞬间，以及内心世界的复杂情感。

这本诗歌集是诗人的心灵旅程的见证，也是与读者们分享生活经验和情感世界的一种方式。我相信，诗歌有着神奇的力量，能够触动我们的心灵，照亮我们生活中的黑暗角落，并提醒我们去感受和珍惜每一个美好的瞬间。

诗歌是一种自由的艺术，它不受束缚，不受限制。通过这本诗歌集，我们能够窥见作者的灵魂深处，感受诗人真实而纯粹的情感。诗集里的作品激励着我们思考生活的意义，反思自身存在的价值。正是这种力量，让诗歌成为一面镜子，反映了人类的尊严和价值。

诗集作者以"再度远游"为主题，巧妙地将自然的力量与人类的想象融合在一起。在这部诗集中，"再度远游"不仅是自然的象征，更是自由和梦想的化身。诗人在《管不着》中曾言：

我偏要在这个时候

唱首歌儿

还要跳个舞

还要吹个口哨

还要买个旧风扇

还要给它涂成黄色

…………

让笑声告诉我

花开了

你可以慢慢起床

这种不羁的文字，正是诗人追求自由的意向。这类文字在诗人的作品中经常出现，它们代表着作者内心的追求和渴望。通过这些文字，我们将重新发现潺潺的清溪、静谧的湖泊和奔腾的河流，感受到自然界中的神秘力量。它们的存在提醒我们，即使在瞬息万变的世界里，我们也应该保持对美好事物的向往和追求。

这部诗集充满了对生命的热爱和对未来的希望。作者用敏锐的笔触捕捉到了大自然中最细微的变化，将那些看似平凡的事物转化为充满诗意的表达。这些文字既有深刻的思考，也有轻松的幽默，读来让人感到愉悦和深受启发。诗人在《凌晨的清洁工》中这样写道：

雨夜里

一双湿冷的脚前行

一罐甜而苦的水

被拖曳着

他的工作是

捡拾别人掉落的

瓶子和纸片

…………

他拥有一切

纵有一切

也不能

把一块风不休止的角落扫净

即使前夜下了连绵的雪

那不是云要掩盖他的足迹

而是被放过的尘土

要藏起被唤醒的心

懋岩是一位对自然和生命充满热爱的诗人，她的笔触细腻而富有情感，她的诗歌充满了对生活的独特感悟和对人性的深刻理解。她擅长以简洁而富有表现力的语言，描绘出内心的情感和对世界的观察，使读者在阅读过程中产生共鸣。

《再度远游》是一部值得一读再读的诗集。它如同一股清泉，润泽着我们的心灵，让我们在忙碌的生活中找到一片属于自己的宁静之地。诗歌的内容涉及许多主题，如爱情、友情、孤独等。每一首诗都是作者内心深处的感受和思考的体现，是经过精心挑选和打磨的。

最后，我希望读者在阅读《再度远游》时，能够放下心中的杂念，投入到单纯和美好的文字世界中。愿这本诗集带给你们灵感和启发，并在它的指引下，重新发现自己与世界的联系。愿懋岩的诗歌能够陪伴你，在喜悦和痛苦中，完成一次次心灵的洗礼和升华，让诗歌的力量伴随我们走过人生的每一个阶段。祝福我们都在这片诗意的大地上，找到属于自己的飞翔之翼。诚如诗人在《马上飞行》一诗中所言：

　　和风相拥着

　　去天上

　　和大地告别

刘廷华

2023 年 11 月 16 日于四姑娘山

/ 目 / 录 /

1　浮云和野马

2 归途

3 梦

4 女孩

10　众生相

11　重生

12　自我

1

浮云和野马

作者的话：某日，我在旺角花墟看到这盆只有一片叶子的苏铁，我被她齐整碧绿的样子吸引住了，于是买回家中。后来，我为她写了《她》。

她

她是一朵巨大的蓝紫色绣球花
圆滚滚的
给窗纱涂抹一层
梦幻

她是秋冬的柿子
风风火火挂了一树
小灯笼似的
给人间一个永不落幕的
盛大节日

她有的时候
又是一株薄荷
清凉透了
穿着枝干编成的小背心儿
喝着叶子里的水
咕嘟咕嘟地
灌了一肚子凉气儿
更衬得她碧绿碧绿

她还是棵
只有一片叶子的铁树
把仅有的叶子
长得丰盈茂密
根根针叶都梳巴适了
边边儿齐整整的
顶着脑瓜儿上的独辫儿
风来了也不摆
直愣愣的
比嘟嘴扮靓的绣球花还单纯百倍

合该她
就是个迷人的妖精
世间一切的众生
都是她成诗的理由

马上飞行

我们去飞行吧
马上就去

先去深紫色的花园里
采几片棕榈的叶子
做伞

然后就
和风相拥着
去天上
和大地告别

最好是着一身淡绿碎花的裙子
到了云里时
底下的人们能看到我们
起舞的裙摆

别的
什么也不敢想象

作者的话：我钟爱逛上环的古董街，有一家名叫 Select 18 的店，在小红书上
很有名。我第一次去逛就兴味盎然地买回一个二手风扇，花了足
足九百港币。要说我喜欢它的理由，可能是它淡绿的颜色和油漆
已斑驳的扇叶，不过最重要的是，曾在它的旋转之间流逝过的那
些时光。我那段时间常常买这些贵而不实用的东西，家人、朋友
颇有微词，但我的理由是："我偏要在这个时候，唱首歌儿，还
要跳个舞，还要吹个口哨，还要买个旧风扇。"——谁也管不着！

管不着

我偏要在这个时候
唱首歌儿
还要跳个舞
还要吹个口哨
还要买个旧风扇
还要给它涂成黄色
还要盛赞每一个行人
还要牵他们所有人的手
还要讲没有逻辑的话
还要穿冬季的裙和夏季的衫
还要送一束光给那忧愁的人
还要回到五颜六色有些乱乱的家
然后一直睡呀睡
让笑声告诉我
花开了
你可以慢慢起床

足够

这朵花那么小
颜色那么淡
没有一点香味
雨露顺便为它浇水
阳光勉强为它照耀

然后有一只
长着短短触角的小瓢虫
或者是小蜗牛
或者是别的什么
就单爱着这朵花
尽管没有任何色彩
没有任何香味

仅仅就是花在
它们相遇的那天
恰巧盛开

登高

浓雾掩苍翠，山林藏鸟鸣。
南国春尚早，西风催人行。
鹰啼忽入耳，举头日渐明。
老者劝徐步，会当凌绝顶。

巢穴

我来到静谧的园中
看着繁茂的树后
漂浮着一个大而沉重的星球
我给它喂食自己的想法
它便更大一分

星球给我讲白天的故事
让我不能忘记
清晨绽放的花蕊
和醒来的黎明
如空气看不见

空气——吞没
星球继而轻了
于是终于飞扬起来

又圆满
又美丽

冬夜远望

白水载星汉，青云携九州。
月落归鸟尽，风平浪未休。
九曲下天际，千舟入海楼。
坞底草尚新，船头人依旧。
煮酒凭烟起，倾樽任江流。
津外回首处，帆过几度秋。

作者的话：有段时间，我为学生们买了一些中草药绿植，供他们识别和观察，其中有一盆"小茴香"。我买它时，老板信誓旦旦地告诉我："这就是可以吃的小茴香！"我于是兴奋地用它做了煎饼，吃进口中才发觉不对——没有小茴香应有的香味，只有一种野草的涩味。问了做中医的爸爸妈妈，才知道自己被骗了。我常常做这样的"傻事"，只不过我有种阿Q精神，自己并不觉得自己"傻"，反而要质问他人：赌你今天如果跟我打了这个赌，明天你会不会是一个读懂明月的女孩。

玩

求你了
跟我打个赌吧

赌春天会不会和夏天挤着进门让秋天晚来
赌这个泡泡会不会飞到大气层外
赌土里能不能长出香蕉
赌太阳升的时候会不会烧焦了云彩
赌蝴蝶兰挂起来后会不会变成吊兰
赌公园里的树会不会把花坛当作舞台
赌我们如果在非洲看到了大雪
梦想会不会触手可及

赌你今天如果跟我打了这个赌
明天你会不会是一个读懂明月的女孩

海之兽

海里一只兽
住在珊瑚里

生了美丽的鳞片
有天遇见东海的鲸
听了鲸南行的故事
如何遇到了一匹天马
踏着彩虹来看兽

后来鲸一边道别一边嬉笑
流连的涟漪
给兽抹了一层香香的油
兽于是变得滑溜溜的
也会嬉笑着游了
忽地就到了浅海里
被礁石撞掉了鳞片
却像被挠到了痒处
浑身畅快

巨人的原野

巨人走在原野上
草木茂盛地生长

他回望远方的城堡
把帽子扔下
他来到原野
亲吻土地
那里有着善良的种子
他轻松地蹲坐下来
和草木待在一起
和祖先待在一起
用巨大的手
抚摸一只奋力爬行的蝼蚁

巨人知道他和蝼蚁
都源于这片土地
阳光照见他也照见万物
微风吹拂他也吹拂万物

祖先教他谦卑

他于是把耳朵贴在地上
听见地下河的河水流淌声
他看见远方的农人收割稻谷
也看见少年在后院盖一座金字塔
从一颗石子开始
建筑他一生的时光

巨人站立起来
草木紧紧拥着他
他于是缓慢而小心地前行
走向更广阔的地方

他要去亚洲南部向农人学习割稻
去冰岛向渔夫学习捕鱼
再去那个后院
见证一个可敬的少年
如何搭建宏伟的梦想

闪电

爬山
在山顶大喊
我站在这里
要召唤闪电

让闪电劈开这锁链
给我自由
闪电使我飞向云端
又坠向泥潭

大地
紧紧拥抱我
用闪电照亮我

乌云呼啸而过
野牛在原野上站定
给孩子哺乳
敌视的眼神望向我

我将锁链卷起来

揣在怀里

没人看见

我看它如何再困住我

我看我如何再怯懦

我看我如何再惧怕野牛的眼神

我看我如何再在原野上

避风藏躲

我看我如何

我要如何

就如何

作者的话：我住在港岛的五年里，坚尼地城海傍公园的设施逐渐丰富起来，文娱活动也变多了。有一年中秋，我和朋友在海傍公园看灯会，为美丽的花灯拍了很多照片。那时，我望着头顶悬挂的花灯，想着：广寒宫那么清冷寂寥，却给人间带来这么多热闹，真是有意思……于是几天后，我就写下：你啊，只要肯在月圆时下人间一趟，就能活得像太阳一样热闹敞亮。

中秋遥想

我提一束将开的莲蓬
去月亮里看你

等我
捧一叶荷做舟
荡起涟漪

你啊
世人慕你与圣贤对酌的影
敬你倾向床头的光
我偏问
三月东风将来时
谁人踏春化凌霜
白屋红梅凋敝日
可有来客慰冬凉

你啊
莫只给人清辉
别忘了照在身上的光
来自热烈的太阳

你啊
只要肯在月圆时
下人间一趟
就能活得像太阳一样
热闹敞亮

我是一座山

我是一座山
清晨我收到一封
云鹤寄来的信件

它想宿在长着青松的山头上
寄信给我和我的兄弟
我的兄弟仍在等一场风雪
我决定先走到春天里

但我的山头险峻异常
青松的种子不能扎根
哪怕扎了根
我的山头只有烈日
却不享甘霖

云鹤谢我的心意
它从西南方向
带来一块瓦屋顶上的石片
我记得这石片
一个牧童曾从我脚下过

他用我的土和石片
做了脚掌大的泥屋
——他只需要一块土地
能容下他的双足
如今石片成了他头顶的瓦
瓦下他教儿女
用家中的土
塑一座儿时见过的山

山顶上的溪涧
终于落下泉水
从我山头的沟壑中
晶莹地流下
这明明不是海
水却那样咸

青松终于扎了根
云鹤飞来时
恰恰是春分

作者的话：在新加坡的滨海湾花园里，有一处异常美丽的布景——白色的荷
　　　　　叶以轻灵的姿态立在水面上，清澈的水映照着荷叶，宛若星云璀
　　　　　璨的银河。我由此想到一种生长在故乡的花朵，它们也生在水
　　　　　中，也是白色的……后来，这场景和联想终于来到我的文字里：
　　　　　我的银河里，全是高原上的水草，像青苔一样漂浮着，开着一寸
　　　　　长的小花朵。

我的银河

我的银河里
全是高原上的水草
像青荇一样漂浮着
开着一寸长的小花朵

僧人每日从银河旁走过
唱一首祝福的歌
他祝我的银河里水草丰茂
祝我的银河里鱼儿成群
祝我的银河边时常有人唱
悲欢的歌

祝愿我
祝愿我用银河的水
洗净我

我本蝼蚁

我本蝼蚁
所以
当我攀登足够高大的山
就如履平地

作者的话：我正式工作的第一年，住在学校的职工宿舍里。说来很惭愧，我
之所以当时想留在那里工作，一个很大的原因是学校旁边有一条
很美的海旁公路，所以当我真的留下来工作后，就常常晚上沿着
这条路散步。天气最佳的夏日夜晚，在海旁公路的三分之一处，
能拍下最美的照片：贝沙湾的万家灯火在远处点亮了夜幕，路灯
在近处照亮前行的路，天上还有几颗稀疏的晚星，一辆红色的
"的士"开着远光灯驶来，海在夏季的凉风里荡漾……我一再为
这一画面感到心醉，因此写下《看海》。

看海

你只有在一段恰到好处的距离之外
才能看到一片
平滑如绸缎
又荡漾如风的海

我为你撑一把透明的伞

我想为你挡雨
用一把透明的伞
别人都在朗空中前行
唯你头顶上没有晴天

三世

如果可以
我想活三世

一世为人
二世为绿色的锆石
三世为雕琢锆石的人

我在人群中

我走过的时候
像走过一丛花
而我是一根寻芳的蓬草

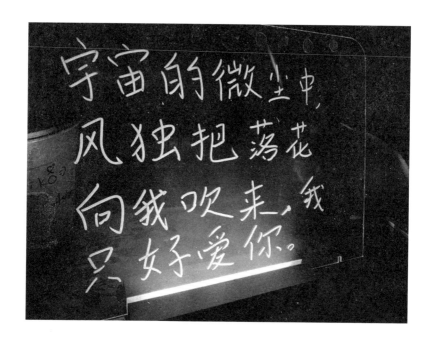

作者的话：每年农历十月中旬，月亮总在我起床的时候，正好爬升到窗户的
正对面，银蓝的月光与暗色的海面融合，在海天相接处，形成了
那段时间在时尚界时兴的"克莱因蓝色"。所以我写下："月亮升
到窗对面的海上，给世界涂了克莱因的漆。"这句诗后面还有一
句："宇宙的微尘中，风独把落花向我吹来，我只好爱你。"这是
因为那天早上，当夜色散去，天色亮起来后，我站在电车站等着
坐车去上班，一阵风吹向我正前方的路面，神奇的是，那些被人
遗落的塑料袋和废纸一概没有被吹起，只有一些玫红色的三角梅
花瓣被风吹了过来。那一刹那，我惊异和感动于宇宙对我的眷
顾，所以写下后面这句话。

　　我很爱这句话，后来把它写在我的备忘录灯板上，再也没有
擦去过……

我决定爱你

深夜的街上
花落了一地
又落了一地

我在凌晨醒来
听一首蓝色的曲
一共一百八十三字
曲子完时
月亮升到窗对面的海上
给世界涂了克莱因的漆

宇宙的微尘中
风独把落花向我吹来
我只好爱你

春之舞

来吧
大地
我站在绿色的原野之上
为你舞蹈

我穿紫色的长裙
与你同坐
大风为我奏歌
我演绎名为"放"的舞
你需以诗来和

耸立的枝干是我的姿态
配以被风吹起的裙摆
我把绿色的伞撑起来

这一刻
向日葵不再追随阳光
看向伞下的我
金黄的爱意只得向我诉说
我想起这不是春天

我不再等待
决定拥你入怀

快来
把手张开
此时阳光正好
你竭力起舞时
花自会绽开

选择

其实
你也可以做一朵花
做一朵艳丽的花
如果一日不盛放
看花的翠鸟
会思念
掉了苍蓝的羽毛

字

它漂浮在海上
像一片叶子
那么沉重
又轻盈

浪推着它
把它举高
把它摔下
把它沉入水底
——又把它侵蚀为珠

山林自海底而起
火在波澜中点燃!

知道吗?
它只闪出海浪想要的光

赴约

你别擅自点灯
我提烛赴约就好
这黄昏
尚不算黑

我抱着擦拭过一遍的木箱子
里面装着茉莉的香味
我关得紧
一定还有香味

树莓成熟了
在你家的后院
我虽不盼望
但如果你做了一方树莓蛋糕
我想味道会是极佳的

我还看到蓝风玲
在芬芳和绚丽之间
它选择了绚丽
我不愿收藏它的美

留待它在这里等你来临

我马上到达
你把桌布铺好了吗
希望你摆出绿色印花的浅碟
我想用绘着兰草的杯子
请你提前为我倒一杯茶
什么茶都行

我在几步之外
想如何问候你
总觉得
怎样都不妥当

那就说
除了我
爱你的人
都还好吗

当你想从这世间离去

当你想从这世间离去
先来和我道别吧

我们一起去看看你种下的花
如今它已经发了芽
无人问津的角落里
就因为你带去了种子
生命在延续

然后我们去南方那个巷子里
吃一碗阳春面
去年你的生日时
我和许多人跟你一起吃
我想你离去时
一定也不想忘记那香气扑鼻的阳春面吧

之后我们去看你喜欢的电影
你已看了千万遍
现在一定要再看一遍
里面有乡村的山清水秀

还有你曾梦想过的荷锄为农的生活
要不去一趟北方的农村
你能一起去吗

最后你陪我去买一条小金鱼吧
我一直想买
我陪你做了许多事
你也为我做一次吧
我们买一条没人要的鱼
独独我们可以看见它的美的鱼
然后你为鱼取个名字
我们带鱼回家

我星期天没空
你帮我喂喂鱼
再换换水好吗

——要不今天的事
你改个日子吧
因为这一生
我和鱼
都很需要你啊

草垛

其实我想当一个草垛

先是长在地上
沐浴了整个季度的阳光
被晒成了小麦色
然后让人搂在怀里
再卷起来
好像被裹在被子里
只不过是我自己裹我自己
不过那也很温暖

然后我躺在地上
敦厚地
等待冬天过去

我不用依靠一棵树
一堵墙
就可以等到冬天过去
因为燃烧那一日
我自己就是火光

咏风月

飞檐御风风袭柳，
黑云掩月月照楼。
任凭天地拒风月，
骤风如潮月如钩。

云书五章（组诗）

一

云是此处的冰川
我住在你身边
俯视地上的岛屿
眼睛看向
你漂流的海湾
注定是要在路上出发
就如河流不曾起源

二

我在一粒原子之中
成为千万个一样的我们
我在颠倒的墙上靠近你
耳朵贴着眼睛
如果要去寻找
最好不要去看
而是去听
我们不是来自万物
而是来自你的心

三

接下来去森林
看一条发光的菌丝
编织大地的根系
我就在一抹绿色之中
被鹿舔舐
猎人从旁走过
故意一无所获
我掉下一颗
微涩的浆果

四

原野上
你的脚步
总是太响了
马儿都在沉睡
风在梳理它们的鬃毛
和原上的草
即便我去
也要小心前进
如果踩到根须
大地就会苍老

五

我们总在等一片叶子的红
倘若它不及变色
便落下
我们就要唱一曲祷歌
为了这片叶子的逝去
我们总是一起缅怀
所有兄弟姐妹的离去和到来
用竹箫吹奏曲子
和鹬鸟一起共舞
林间的叶浪
是我甩动的彩带

2

归

途

/ 再 / 度 / 远 / 游 /

作者的话：去新加坡的金沙酒店参观那天，正好刚下完一场雨，雨水挂在挡
风玻璃上，挡住了向外拍摄的镜头，让人不由得有些气恼。我不
甘心，又尝试了多个拍摄点，偶然发现将镜头贴近水珠时，竟然
能够拍摄出城市灯火散射在水珠表面的样子，成片后，看起来好
似星光坠落人间，美丽中又有些诡异……那趟旅行结束后，我坐
上回成都的飞机，回想起这个画面，不由得写下：万花筒式的
美，让夜归的人见了，不敢回还。

048

云

夜晚
坐上了回成都的航班
从窗口向外窥探深圳的夜景
却看见了灰色的云海

白天
它们是那样的白
夜里
却变得
妖娆不堪
挡住了云端的人
窥伺人间的视线

就如木屋檐下的藤蔓
切割屋内暖黄的烛光
形成万花筒式的美
让夜归的人见了
不敢回还

若逢

雨从天上泻下来
把人间洗个遍
日头在黄昏才爬上山
天地走出云雾
穿上透明的灰色

你会看到
世间万物
都鲜亮起来
特别是
远方的灯火
你曾经以为不存在的灯火
也会像手中的烛光
一样真实

夜归

黑色的风
披上我有些燥热的脖颈
我不由得寻找那双凉且柔的手
它不露痕迹
却成全了一片破碎的风筝
拯救了一只沉重的粉蝶
它们便沿着我的视线向上而去
最终
被榕树的枝丫轻轻拉住
便又缠绵不肯罢休了

3

梦

/再/度/远/游/

作者的话：妈妈的家乡小金县美兴镇有一个三关桥村，那是一片河谷地带，
　　　　　夹在两侧的峭壁之间，是整个美兴镇气候最温和的地带。与镇上
　　　　　其他略显贫瘠的山地不同，那里地势平坦，土壤肥沃，家家户户
　　　　　都从事农耕，形成了田连阡陌的景观。早春时，三关桥最美，碧
　　　　　绿的菜畦之中，掩映着星星点点的油菜花，再往上看，又有盛放
　　　　　的桃花，真有些像陶渊明笔下的"桃花源"。只不过，人们如果
　　　　　要去这个"桃花源"，不用穿过五柳先生笔下那条狭窄的石缝，
　　　　　而是要走过一条挂满经幡的铁链桥。我数年之前就喜欢上了三关
　　　　　桥这片土地，其中，我尤其对那座伫立在一片偏僻河滩上的小房
　　　　　子充满向往，虽荒废已久，但总能引发河对岸人们的无限遐想。
　　　　　我对这个房子也有很多遐想，于是写下《致我的梦想》。

致我的梦想

平整的田地在河滩上
形成一片碧色
早春，桃李之花尽放
还有宿在崖上的鸟
我好似在孤岛
盼着桥

我情愿夏汛来临时
河水将我的田地淹没
我被迫去山后的草坡
升起温暖的火
和着飞舞的萤虫
流淌着明亮的快乐

作者的话：新加坡的金沙酒店顶层是一处游人不能错过的景点，我去那里旅
游时也去看了。从顶层的玻璃护栏往下拍摄，景色令人震撼。我
拍了很多照片，最爱的其中一张就是上面这张，街灯下的道路像
亮闪闪的河一般从无边的夜色中穿行而过，于是后来我在诗歌
《都市人》里写道：马路伸向前方，讨一个"身材颀长"的
赞扬。

都市人

路灯在黄昏时睁眼
世界迎上它的目光
无人机飞在远空
去探望遥不可及的窗
行李箱在街角
正准备独自流浪
摩托车驰向海边
差一秒就实现破浪的梦想
马路伸向前方
讨一个"身材颀长"的赞扬
路牌倒是挺直站着
却误解了别人的观赏
巴士去每日要去的地方
只因为那里的铃兰刚开放

大地于是叫我
把心情还给万物
今后我才能平静
继而盛放

云梦记

扶云上九霄
陶然莫知返
五柳做院篱
开门见南山
采菊且为乐
煮豆不羡仙
谁言无对饮
擢手敬霄汉

山梦记

江河不知流
叩门问孔丘
圣人笑我痴
山中无夜昼

我想化作一只布谷鸟

我想化作一只布谷鸟
雨天在云层里鸣叫

我常吃浆果和草籽
从不偷食农人的辛劳
我为人间带去甘霖
把树梢点缀成大地的步摇

我爱着春日的风
农人的笑
我畅游在天地间
成为天空眷恋凡俗的
唯一的记号

错误

那骂声响起的瞬间
我感到天色暗沉下来
一切都模糊了
只有轰隆的火车汽笛声还响亮着
其他
都归于寂静
我不懂母亲为什么生气
也不懂她为什么哭
我只用手不时去逗在铁道旁水沟里抓到的蝌蚪
心中还满是欢喜

可母亲流泪的面庞
让我困惑
让我困惑

4

女

孩

我想把妈妈生出来

我想
我想把妈妈生出来
因为不曾见证她的稚嫩

她不曾像草叶一样
给我嫩绿的一瞥印象
她肯定是在我成了苞芽之前
就长成了褐色的茎
把自己撑得又直又挺
把风雨的洗礼
换成了彩虹的衣
然后用苦涩的水雾
滋养自己的根系

我给她的印象
总是嫩绿的
我在风中
荡在她托起的花萼里
跟泥土和褐色的茎不同
她只要我有一抹鲜亮的颜色

/ 女 / 孩 /

我想把她生出来
给她一缕清风和阳光
让她长在我的花萼上
我把她轻轻托起

头发

我的头上
后侧
头发很厚的地方
有一根卷曲的头发
它特别硬
长在我其他的头发之间
所以我摸它时
感到硌手

我尝试拔掉它
像撕掉一页
初中时写满黑字的纸
那么痛快
我今天切实地抓住它了
手指用力的话
就可以拔下来的
结果我把它夹在手指中间
揉了揉
让它接着长在我的头上了

/女/孩/

它肯定是特别黑的
因为隐藏在最里面
当我染发时
它得以保留了本来的黑色
我的头发原本就特别黑
特别硬
只是它为什么那么卷呢

妈妈把齐腰的长发剪短了
前几天
没有去理发店
大姨帮她剪的
她说额前的发际线越来越高了
一定是头发太重扎得太紧的缘故

现在妈妈披着齐肩的短发时
我觉得她很好看
她剪头发应该是为了更美
除此之外
没有别的理由

我的那根卷发
长在最靠下的位置
如果我掉头发
它一定是最坚挺的那一根
我所有顺滑的头发都落尽了

它仍会长在我的后颈上方
卷曲着

我不曾想过
把自己生出的头发剪短
是为了美以外的其他理由
尤其是唯一的那一根卷曲的头发

妈妈的额前有一个头旋
剪短的刘海
都会按照头旋生长的方向
别扭地支起
所以额前的发际线高了
也不好剪刘海

妈妈的头旋长在前面
我的卷发长在后面
只有它们在我们头上
一如新生时的样子
不可更改

妈妈说
如果你开心
买身漂亮的衣裳
找个心仪的男人
有什么不可以

/女/孩/

我因此充满了勇气

妈妈同她的头旋一样
我想
我要一如我的卷发

早秋漫想

啊
我忘了抬头
看洒在树上的光
原来太阳东升了

啊
原来妈妈不想要我给予的那种爱
她总是在离别时背过身去
去过她的生活
我们终是要在远方挂念彼此的
我们终是遥远星河间的两颗星

我昨日没有和她通话
她一定睡得很早
梦做得很美

有一天
我要写本书
里面有一百个女孩子的故事
其中一个属于我的妈妈

/女/孩/

我会写一个瞬间
她在小树林里放声大哭
然后决定独行

我的妈妈
不想让我回到她身边
她想让我哪怕受伤
也独自飞翔
就像她一样

我不知能否
让她如愿

5

日

子

日子

我独自乘坐火车穿过生活的腹地，
窗外飞过一排电线杆，
整齐得像一行注解。

和《冬至》

一纸锦书寄炉前，
问君叹息为哪般。
小妹久病且初愈，
又怜吾母染风寒。
父闻竟欲赴千里，
心切路遥只兴叹。
夫妻共白烦恼丝，
家长里短消朱颜。
偶见此诗喜难禁，
老父之言仍少年。
青丝已改情犹在，
白首尚能忆绵绵。
同与日月终不悔，
共度春秋竟难厌。
年年岁岁同浮沉，
岁岁年年共悲欢。

树根

向下生长
向下生长
进入你不愿进入的世界

坚尼地的最后一日

今天
不是我在坚尼地的最后一日
但是感觉就像是
只有一日
那样迫切
海岸对面的山雾
升起
盖住飞驰的船
扬动的帆
我若再不睁眼
这一切
就会和此刻的坚尼地
一起消散

今天不是在坚尼地的最后一日
但是觉得
像是仅有一日
那样难舍
海中的浪离开岸边
腾起

冲走深海的贝壳
九霄的海鸥
我若再不道别
它们
就会和此刻的坚尼地
一起沉没

今天
明明是我在坚尼地的
第一日
但
海对面的桥
岸上的集装箱
我好像来不及向它们走近
街上或南或北的人
去到或东或西的车
我仿佛来不及向它们问好

我好像不会离开坚尼地
今天好像不是在这里的最后一日
但是
这里的风、水、云、鱼
我都来不及去认识它们

雾
要遮住我的眼

/日/子/

浪
要冲散我的记忆
粥店老板说
今天是你在
坚尼地的最后一日

是了
再也没有时间
我要同这里的山
说说话
同这里的风
郑重作别

明日
我将搬到一个
和坚尼地很像的地方
那里车来车往
楼厦林立
一楼的守门员总是羞于问好
面铺的厨师戴着黑框的眼镜
超市的收银员右手上有个小小的伤疤
宠物店橱窗里的猫
喜欢吊着的羽毛

那里的风
有和坚尼地一样的美味气息

让我在每个日落的时刻
总忍不住下楼走向熟食街市

那里的夜
有和坚尼地一样的灯火
让我在每次造梦时
总看见家乡的影子

所以
郑重地与你别了
坚尼地
今后或见或不见的坚尼地

6

生

命

亲爱的珊瑚

有一个角掉了
珊瑚
你还是捡起来吧
拼起来吧
路过的鱼不小心碰掉的
然后去南海参加宴会了
但你不去
不是吗

所以你把那个角捡起来吧
在巢穴里盛装打扮吧
有了那个角
你才那么闪闪发光
只有你自己才知道
宴会一晚就结束了
烟花一瞬就熄灭了
但你的一角
合起来就能
肆意地绽放一生
不是吗

/ 生 / 命 /

你厌倦了的时候
我就把你从深海里
打捞起来
放在书柜上
向每一个不曾见证你的
平淡峥嵘
的客人
介绍一个辨不出真假的
壮丽的故事
行吗

作者的话：我的父母和我一样喜欢种植花花草草。在成都，爸爸打造了一方
　　　　小小的鱼池，每年夏天都栽种睡莲，鱼儿们总会将它们啃食殆
　　　　尽，爸爸又会再买、再种，周而复始。妈妈也种了不少花儿，她
　　　　种花很在行，总能将花儿们养得枝繁叶茂，花团锦簇，特别是那
　　　　盆长寿花，也叫家乐花，长年开满了黄色的花，让我羡慕不已
　　　　——我养的蟹爪兰三年只开了一朵花。我想，爸爸妈妈如果像我
　　　　一样在南方生活，一定如鱼得水。

燃

芜草有千百种弯曲
在生命的火里

如果芜草爱上那赤诚的火苗
情愿为火苗而生
那芜草就去了
去为那命运中不可捉摸的
瞬时
过了灿烂一生

如果芜草恋着雪山的冷
因此觉得那火炙热
那
成了清冷苍翠的玉石
然后去了雪山下的石洞里
好歹得以守望

如果芜草喜欢被燃烧的快感
把枝干献给一次次火花四溅的迸裂
芜草不久就燃尽了

然后又化为枝干
再次被生命点燃

芜草彼此不认识
不相关
不了解
不对话
来自不同的树
燃着自己的火
一簇蓝的
一簇红的
一簇彩色的
只有芜草知道
下一次在火里弯曲的姿势
会不会变化
下一个点火的人
是不是芜草自己

7

四

季

暖冬

我掸掉一捻如沙的虫蚁
一艘游动的高楼，乘上
我亮如白昼的梦
荡去
我展开翅膀
滑行至山底
海上全是碎裂的金子
金子和我
一起送别了
南国的冬天

作者的话：前面我曾交代过，自己有段时间喜欢买贵而不实用的东西，写到
　　　　　这里，我突然觉得这样讲并不准确，应该说：我爱买好看却不实
　　　　　用的东西，例如海棠纹玻璃木柜、藤蔓花样的麻织桌布、生命总
　　　　　难超过1周的郁金香花……我就是想"回到五颜六色有些乱乱的
　　　　　家，然后一直睡呀睡，让笑声告诉我，花开了，你可以慢慢起
　　　　　床"。

南国的花

你问我
南国的花有几种
我说一千
你却不信
我便数给你听

黄的，垂坠的
蓝的，直立的
红的，伸展的
紫的，倾泻的
橙的，尽放的
粉的，隐藏的
许多许多

每种颜色可写一部书
每种姿态可写成长诗
只是不用我一一数尽
刚说到轻灵的蓝盆
你就会钻进它难以数尽的蕊里
不愿闻芍药的馥郁
嗅芙蓉的芬芳了

港岛的三月

港岛四季如春
但
三月的春
仍无与伦比

你看
薄薄的海雾
揉碎了浪上闪烁的日光
太阳便弥漫在每一处

热烈的木棉
被树梢倾倒在
又热又渴的石板路上
开出另一地温暖

果实嵌在
无数的叶里
钻出一颗颗
鸥鸟垂涎的甜

港人在日光下微眯的眼
是另一处风景
风景里装着
士多啤梨味的叮叮车
和香味正盛的星巴克

若是有人来问
港岛的三月
是什么时节

那就是
万物缱绻在将去未去的春意里
生灵隔着氤氲的水汽大口呼吸
什么都归来了
什么都出发了
这样的时节

秋棠词

雁飞两行碧
鸥驰一路白
雨浣草尚新
露凝花将败
远嗅邻薇浓
始盼柴扉开
百艳莫争馥
何苦作珠钗
秋棠淡香气
客却寻芳来
我自无颜色
偏偏惹尘埃

卜算子·清明醉行

北城风去，清明无雨何绪。伞挂柴头，徒寂一院凄语。
薇引墙外，怎堪摘，青冢行人祭。

原来无人至荷洲，醉卧池旁，谁来切问？与杜娘比瘦，举杯
叹戚戚。

望海潮·渠州慢

蜀东沃野，水腴地美，渠州向来城闲。

雕楼彩亭，棋田绣山，左右村里逾千。

疏烟漫楚天，东风拂柳岸，瘦湖不堪。舟至蓬莱，雨打黄花，哪叶蜷？

玉栏画栋飞檐，看婵采莲子，几岁芳年？酒醉阑干，肆意寻壶，桥头暗香浮衫。

陌上有人言，徒猜谁人问，莫道无欢。却念僻壤孤乡，守窗儿至晗。

晨

早上的时候
大船载着一舱的阳光
雀跃着去东边了
我望着红色的集装箱
想那涂漆的人
一定知道红色的集装箱在蓝色的海上
有多夺目
所以要给看海的人
展示一幅漫不经心的杰作

暮色下的旅行

三两人站立着
在狂风中
烟雾罩着
等着一辆暮色染黄的车
带自己去路人的目光里旅行
等一支震耳的歌传进真实的灵魂里
唤醒了不惧风雨的魄力
和向内生长的勇气
然后像去宇宙尽头一样
悲壮地回家

月夜

楼间的间隙就是窗
在大地上
天空下
宇宙罩着我
也给我造一座画着星夜的穹顶

墙壁上画着
街灯一样的月色
沧海一样的银河

我成了太阳神的风铃
荡在薄雾里
发出赞叹般的叮当声

/ 四 / 季 /

作者的话：妈妈生于高原，对雪山有着深入骨髓的爱。每年我们旅行的目的
　　　　地中，总会有一个是雪山。爸爸对雪山的态度是矛盾的，他喜欢
　　　　雪山的美，但对常年积雪的艰险山路感到恐惧。"生命在那里亦
　　　　步亦趋地行着，到了阳光只探半寸的正午，拼命融化，淌了一
　　　　尺，就像远行了一场"。

山阴

你来
我赠你一捧泥灰的雪
让你踩实了大地
狠狠触摸明日发芽的麦种

走吧
把昨天的冰又变成浓郁的云
轻轻砸在一根细脆的枝干上
咔嚓一响
开幕一场人间梦
让流水的时光在地底重新酝酿

去吧
去积着急切的山阴
生命在那里亦步亦趋地行着
到了阳光只探半寸的正午
拼命融化
淌了一尺
就像远行了一场

作客

清晨播放歌曲的时候
阳光爬上窗的时候
花绽放的时候
风不大的时候
海成绿色的时候
绿箩肆意生长的时候
云攒成了朵儿的时候
夕阳涂抹了西方的楼宇为橙黄的时候

我闭着眼看到这一切的时候
你来作客
就正好

入夏

垂柳引闲絮
余波荡轻舟
蝉鸣别春寒
鹈鹭始复游
溽溽盼习习
煮茶盒未休
盼得熏风起
何以慰暑愁

晚归

游云渡晚日
移星焕烟霞
倦舟归坞里
靡帆宿人家
紫阙青灯尽
残烛聊映纱
温茶等远客
饮风望天涯

8

万物和七生

伟大的告白

我买了一筐橘子
要向太阳告白

这是我能买到的最好的礼物
里面的色彩是最浓烈的
是最靠近日光的告白书
橘子都爱太阳
受了阳光的洗浴
退了青涩
换上最炽热的黄

听说我要作这场伟大的告白
就请我把它们捎上
等到我们都站上红火的晒场
做足了准备
就矗立着欢歌
仰望太阳
致以不逊色于它的热望

作者的话：夏天的下午三四点钟，阳光从西侧照过来，竟比正午还要热烈。
　　　　　我没有勇气直视阳光，但喜欢看阳光透过瓶中的水映在墙上的光
　　　　　影，这光影既澄澈又柔和，充满爱意。而盛夏里光和水的爱恋，
　　　　　多么浪漫呢？我因此想到这些句子：一切仍亮在分不清黄还是绿
　　　　　的树影里，大汗淋漓，趁酷热时，与光相爱一场。

盛夏之恋

试试
在盛夏
去一个名叫小森的村庄

那里
湿气在雾霭中寻觅
夏日里万物蒸腾
任凭身着艳丽的飞蝶
扇起狂风

一切仍
亮在分不清黄还是绿的树影里
大汗淋漓
趁酷热时
与光
相爱一场

姐妹

干吗要做一棵麦子
去那风大的山岗
何不与姊妹们在一起
成为麦浪的一员

你们三人共酌
聊起
那风前面才是风牵引着
天空下面才是天空支持着
道路前面可还有道路连接着呢

啧
酒才好喝呢
月儿才美呢
星儿才亮呢
陌生人来亲近你
鸟群来和你逗乐
马车拉着你的姊妹和你
才热闹呢

丰收的日子里
所有的风都向你吹来
才轻巧呢

对着

诗人领我到了山腰
我们对着
在上面就是天空的山岗上
不高
坐着就是为了吹吹风

他聊海际的远帆
我听山石的静默
我向他问了十年后的问题
他的回答穿破四季的墙壁
在我心上击缶一声
震荡却如水滴入水

我像十年前的人儿似的
得到了答案
从山岗上站起来
向下走去
预备再爬一遍

做一盏渔灯

江面上的影子都散了
有个船荡着
在那昏黄处
如果没有一缕光
船就像是沉睡了一般
偏有星辰落在这里
让船做一盏渔灯
没人来时
有人来了时
都亮亮的

跟着灯走

跟着灯走吧
乘一趟漂浮的列车
只管前行

在琥珀色的海上
天空同海一样的颜色
像一面镜子
在那里行驶
犹如在冰场上起舞

等我们都到了岸边
其实也不用下船
上了哒哒响的车子
踩着绿色的绒毯
脚下暖暖的
一步一步
把阳光和春天耕进土里
越走越亮

灯火终成了旭日

行到梅花填满的洞口
打开车窗
问候又一个上车的地方

画

一切的海和荒原
都是倔强的画布

船只和马群
不断落笔
任凭船只刻进水中
马蹄潜入土里
海依旧是蓝
荒原依旧是黄

要不
引黄河之水
荡涤了荒原
奔流入海吧

至少有一日
它们相遇了
用自己为对方着色
海拥抱做客的黄土
荒原则迎着涛声起舞

夏的结局

颜色喷发
到了最后
剩了千万种胜过余晖的斑斓之色

神想画一幅图
使了劲
挤手里的云雾
如一管见底的颜料
最后喷薄而出
一场蘸了绿色的雨
然后是噼里啪啦撒了一地的彩泥
没到叶子落下来
大地就欢闹起来

等什么呢
还等什么呢
现在就庆祝
夏的结局

名字

于是以火为名
因为水被风请去了
它们一同去了天上
让我在这里独自照耀一个季节

好吧
我在这里陪同已经很亮的星星
我与星星不同的是
我和风，还有水
有个约定
在一个季节以后
我们就化作美丽的云
白天夜里都飘浮
比起星星和火
那会平淡许多
但我因此可以跨过黎明和黄昏
被风搁置在世界的任何角落

穿着红裤子

在海岛的房子里
踩着棉麻的地毯
光着脚
走来走去
打开窗
放了一首歌
风进来听
豪放起来
把头发散开
放在肩上
很轻很轻
红裤子在风里
轻轻跳起来
去了平时疏于打扫的角落
踩了一脚灰尘
脚底板黑乎乎的

舞
房间灵动起来

台风将至

台风将至
正是起飞的好时机
我在沧海之上
荡起秋千

沧海向我索要一个信物
我够不着
只好收起脚
将一只鞋子踢飞

从此以后
我一只脚悬在空中
一只脚深入海里

那有什么关系
当台风盛极
吹我入海
我就能
寻回我的足迹

作者的话：城门水塘我曾去过三次，每次都意犹未尽。那些深深的林木是最
　　　　　吸引我的，走在漫天树冠的荫蔽下，我感到自己的脚与土地连接
　　　　　到了一起，这种感受后来变成了诗句：我决心仍要当你的孩子，
　　　　　我要马上告诉你，那我去树藤环绕的山里，探访一群隐居的蝴
　　　　　蝶……

请当我是你的孩子

我仍是你的孩子吗
我们多年未曾拥抱了

你记得我赤脚的样子吗
奔袭在大地上
我的脚趾紧抓着土地
把泥巴握进掌心里
越跑越快
我越跑越快

我得追得上那片天际的叶子啊
它与我一同降生
却因自己轻盈
而跑到前面去了

你为何赐我沉重的躯体
我除了披上长长的衣裙
却不能如叶子般飞翔

我更重

／再／度／远／游／

现在我更重
我踏在地上
我的脚抓不到泥土
我今天来见你

你是否藏在我被吹起的发丝里
你仍当我是你的孩子吗
就算我曾忘了我的母亲
我决心仍要当你的孩子

我要马上告诉你
那我去树藤环绕的山里
探访一群隐居的蝴蝶
我一到它们定会
飞向天空
为了看清我长大的影子

如果你还当我是你的孩子
就叫蝴蝶下来吧
站在我身上吧
一只落在我的鼻尖上

那样我就会
像一个孩子一样
一直看着它
等风把我们一起唤醒

直视这石碑

孩子
不用怕
把头转过来吧
直视这石碑

它总在向阳处耸立
脚下是山峰
昨日它收了一个
流泪的人
的花
那个人从此
再也不惧怕

如果世间有
看不见的爱
它到来时
有什么可怕的呢

直视这石碑吧
它不过是掩埋了

一个人的心
却没有使他的心褪色

为了你
他总在等重逢那一日
但若你还未鼓起勇气
他就不会来到你的梦里
他避开你犹豫的盼望
就像你避开那块碑

如果你准备好了一切
他就会先
化作一线勇敢的目光
来到你眼里

我不写你的白发

只写白雪落在枝头
我们步向
虫儿吟唱的苇丛
躺下
正好沼泽的水汽
湿润我们轻轻的袖口

正是冬季
我写什么也不能与你分享
我只想
为你念"茫茫"的词
生怕加入了
一个我想出的字
就令满天星斗
在你面前绽露

我情愿化作一叶小舟
荡在水里
去哪儿也不远
总有你的脚印

在我去向的岸

只是你不在
我逐渐能够写下一切
却始终不能写你的白发

作者的话：我曾斥"巨资"五百人民币买了这个美丽的挂钟，并从此常买雪
　　　　柳或桃花之类的花枝来衬它。它的钟摆时时在墙上荡着，既美
　　　　丽，又引人深思。我不由得开始想象自己的迟暮之年，不知道到
　　　　时候的我会不会欣然地"关掉太阳，打开黄昏"。

黄昏

当炉火燃起
照亮你花白的头发
我们哪里也不去
在炉火前闭眼
把一切都锁进心里
放一帧最美的画
可能是一起看到日出那天

然后我们关掉太阳
打开黄昏

一匹马

一匹马
选择在荒野上
漫步而行
马的心里存有一万个字
却一声不响
马比我们沉默
因此高贵得多

它只想在夜里漫步
不想过路的行人看见
从而被驯服
再一言不发
从荒野一头
走向另一头

我看见它
只管落泪
因它不是野马
却在荒野驻扎

我的证明

你怀疑的时候
我不能说出任何话语
我带着许多东西上车时
给你的蛋糕没地方放
只能放在膝盖上

你生日的时候
我不能高声唱"生日快乐"
但我会用手
拢住飘摇的烛光

当你陷入悲伤
我不能拥抱你
但我会发一则短信
短信里的爱无处躲藏

你日渐消瘦时
我不会哭泣
但我会鼓起勇气
去看你的脸庞

一颗南瓜

这一颗青绿的南瓜
在绿墙上挂着
一根藤条拉着它
叶子总是像烟雾一样
朝两旁散去
南瓜的花开得不大

农人踮着脚
采了高处的南瓜花
就这么晚开的一朵

这朵花啊
不能不疼爱
农人拿来海棠纹的瓶子
往瓶中轻插

这朵南瓜花因此
有时望望天空
有时看看瓜

农人让南瓜
选落地还是攀爬
它选在屋顶顺藤垂下
一日一日地靠近南瓜花

这个南瓜和南瓜花
秋天不黄
冬天不黄
它们还在等
下一朵花开的盛夏

一只被风吹乱毛发的狗

狗去见它的爱人
在狂风里竭力地叫喊着
风吹乱它的毛发
一个粉红色的路牌
在它的视野里消失不见
它的爱人在不远处的云里

一切都会飞起来
当它到了的时候
不用考虑怎么上天
有一种雀鸟
正在紫色的雾里等待它
送它去该去的地方

它狂奔
没有任何风景
值得令它驻足
它掉了一根毛发
被风拉扯的时候

爱人在前方
背对着它
和它脚下的土地

一个念头让它回去
一丛干燥的针叶
铺了一个小小的床儿
睡在床上
透过圆圆的窗
抬头也能望见它的爱人
但它不能停留
它比世界上任何一个生命
更懂得追逐的美丽

尤其是闯入危墙的那一天
爱人明明是
单单向它照去了一束光

9

相

遇

如果有一天

如果有一天
你和我走到了一起
那你一定
是在坚尼地城海边
看见
白云沉入暮色后
依旧罩在城市的灯火之上
集装箱依偎在一起
述说白日里破浪而来的辛劳
远处一纸单薄的楼上
灯星火一样地闪耀着
然后
我走在青马大桥的对岸
用手机敲着一首不成调的歌

这首歌
只有世上的所有人
没有你
所以空荡
又自由

作者的话：我喜欢拍照，尤其喜欢拍日常生活的瞬间，在我的眼中，比壮丽
　　　　　的山川更有魅力的，就是家中的烟火气。犹记得刚搬进这个房子
　　　　　的那段日子，我兴冲冲地从网上买了木纹墙纸和暗绿色墙纸，用
　　　　　来搭配浅绿色的地板，将房间布置成了自然舒适的风格。从这以
　　　　　后，家里的各个角落就成为我镜头下的主角。我往往最喜欢看似
　　　　　杂乱无章、实则恬淡自然的照片，不加修饰，展示生活最真实的
　　　　　样子。现在想来，自己一直是眷恋家中这股生活的烟火气的，要
　　　　　不然我不会写出这样的句子：但是娃娃觉得，家里面的小板凳，
　　　　　有万般好。

作者的话：上次从日本回来后，我对箱根念念不忘，我最喜欢那段缆车之
　　　　　旅，成团的绣球花开在铁道旁，将两侧的景观装点成了宫崎骏的
　　　　　动漫电影里的画面，好似我进入了那个想象中的、美好的二维世
　　　　　界……那时，我切实地感到了旅行的妙处。的确，"家门外的火
　　　　　车站，有千般妙"。

有一天

娃娃小的时候
家中有阳台
阳台上种着山茶
山茶掩着铁道
铁道藏着伙伴
伙伴带着欢笑
但是娃娃觉得
家门外的火车站
有千般妙

娃娃大了以后
家外有沧海
沧海印着暮色
暮色照着浪涛
浪涛推着旅人
旅人扔着船锚
但是娃娃觉得
家里面的小板凳
有万般好

我的家人

我的家人啊
愿他们每天的日子
都是阳光灿烂
时不时能一起
去人民公园
买一袋鱼食
最小的家人拿着
喂那些跳跃在水面的金鱼
最大的家人看着
看着金鱼

我的家人
愿他们的日子
每天都是阳光灿烂
时不时从天南海北
回到时光雕刻的小桌旁
穿着凉快儿的背心
摆龙门阵，喝酒，吃卤菜

我的家人

愿他们每天
都是阳光灿烂
时不时去成都市郊的小镇
找一家停电的民宿
坐在秋千上
数难得黑暗的天空里
有几颗星星

我的家人啊
愿他们每天的日子
都是阳光灿烂
愿最大的家人
和最小的家人
在孤独里相互依靠
在受苦时仍彼此祝福
在劳累中尚温柔相爱
在远处
无虑地快乐

送客

雨衍盼晴云未散
倦絮怠飞等风停
异乡忽闻马蹄疾
蒿艾苦却故人情
周宴难备无兼味
温茶一盏送客行
不问君子旋归日
离离之时赠春英

亲爱的

亲爱的
我是个俗人
我老标榜自己的潇洒
然后暗自为这潇洒
而神伤

亲爱的
我看到一个白色的塑料袋
随风飞起
就想到《美国丽人》那电影里
十多分钟无意义的美丽
但顷刻后
我的眼神就飘向
周围形形色色的人
的眼神里

亲爱的
如果你也意识到
我是个俗人
耳朵里听着不知所云的歌词

脚下跟着节奏欢跳
以为在他人眼中
我步若流星
你会不会笑话我

亲爱的
我想你大约会原谅
把自己称作俗人的我
你知道
我孤傲地追求自由
又极世故
你会不会告诉我
世故是另一种孤傲

亲爱的
我把自己称为俗人
你别觉得我在否定自己
我只是在
讨论我这个人
有什么认识不清的地方

亲爱的
我的疑问太多
想得太杂
我在此刻渴望答案
而不是浑浑噩噩地过日子

答案揭晓的那一刻
你会不会觉得我
缺乏耐心

亲爱的
我也不知我在写些什么
王小波说
他写不出诗
就想着要战胜自己
于是写了好些坏诗
我也是这样

亲爱的
我爱的人受了一些苦
我不知该不该写诗
抑或是祝祷
我一定要祝祷
我只是不知从何祝祷

亲爱的
我父母从医
因此我像个俗人
怕人皆怕的东西

亲爱的
别人也许会好奇你是谁

我这不是也不知道吗
今夜你听了我这么多疑问
你累不累
你累的话
明天再来回答我吧
我的眼皮
却一点都不沉

少年的舞蹈

四月的某一日
我在临山的房子里
观看一场少年的舞蹈

树上的叶子
从玻璃窗外来轻轻打扰
少年们坐在我的对岸
我仿佛在一艘未来的画舫上
隔着青色的河水
看见了他们袍裙下踮着的脚

我感到一阵快乐
我想起数个春秋前
花的种子飘进
另一个属于我和其他少年的房子
撩动了房中年轻而躁动的沉静
我们都未曾察觉自己坐着
便成了一支舞蹈

眼前的少年也是不自知的

于是我赞叹这份奇妙

房外虫鸣风定
都见证了这支少年的舞蹈
我也从画舫上踏水而来
为着给这支欢快的舞蹈
添一簇火苗

走向乌云

我从一片金黄的云彩里
走向乌云
为了配合忧伤的氛围
穿了一身蓝
天空见了
觉得这忧愁太孩子气了
就把乌云驱散了
下了场始料未及的大雨
把我的心都淋透了
于是我就坐进水洼里
又蹦又跳
装做一条
会游也会走的娃娃鱼

路上

路上
我久违地坐在山石一侧
看很多藤蔓相互嬉笑着

我对青山倾心不已
青山却始终欣赏自己
我也不转头
去看另一侧的海
料想它正用自己的鳞片
打着光
用天空当镜子

海丝毫没在意我的背叛
我坐在山与海之间
朝三暮四
山海却不为所动

于是我成了
这场三角恋中
装作从未动心的那个人

远游

我本乘在一艘巨大的船上
有时船成了岛
有时岛成了陆
有时陆成了洲
于是我便忘了
自己曾掌舵破浪
只记得用两足
走进微风里

因此
我要再度远游

芬芳

桐桐把向日葵
揣在衣兜里
再别上一把锁
在阳光下焐热
等我回来了
她用牙把锁咬开
把花掏出来
它都被揉碎了
稀烂了
她深嗅一口
摆着脑袋
陶醉一番
再捧到我鼻子边
我就闻得到
喷香喷香

送你什么好呢

妈妈
我把夜里的星光赠给你
好不好
让你看看海雾爱上月亮的模样

我把松叶上的霜雪带给你
好不好
让你看看四季怀念彼此的模样

我把尘土里的金子送给你
好不好
让你看看疾风为大地梳妆的模样

不
这些都不是最好的礼物
那我把你送给你
好不好
让你看看你为自己
动人地生长的模样

没关系

如果露不来
就请雾霭在山间等你

如果云不来
就请太阳在天空中等你

如果星不来
就请月光在溪边等你

如果你始终不来
我就在海水里梳洗梳洗
然后扬起长发
再大梦一场
梦中把自己变成一场风暴

结果
吹到你耳边时
却只把你的头发
轻轻撩起

咏易安

秋渐叶寒凋色碧
风袭病怯薄罗衣
偷白蝉鬓人空瘦
君亦去年折紫荻

望君归

曳火消尽红烛泪
秋目望断紫檀楣
忘却天涯行人色
明日青阶上者谁

访白云寺

春风不复登临意
高处寺闲人影稀
闻似佛文钟磬远
故人入院惊池鱼

奶奶的生日

我小时候
奶奶给我和弟弟炸巴巴
给所有人煮面
为爷爷在面里
泡两根麻花
然后又
把剩下的麻花分给了
我和弟弟

我想
奶奶会长大的
有一天她会知道
给自己买点儿
自个儿喜欢吃的

前几日
我收到照片
看到
奶奶生日这天
所有人都来了

带着自己的欢乐
抛下除了欢乐以外的东西
围成一排了

她坐在中心位置
接受从上至下的
中英文祝唱歌声
爷爷也站在一旁鼓掌
为着这天的女主角

然后就是下午的照片了
奶奶没出镜
照片里
孩子们都去游乐园了
七八个重孙儿
一个孙儿
脸上都涂抹着午后的阳光

不知道
奶奶跟着他们一起去了没
她是不是
在拍照的堂姐夫身后站着
笑着看孩子们
齐头齐脑的虎样儿
觉得乖得很

这天
我看了这些照片
觉出大家庭的甜味儿

奶奶还是
我小时候的奶奶啊
自己生日这天下午
随着孩子们去游乐场了
蛋糕一定也给孩子们分完了吧
她一点儿也没长大

遇见

那就允许
我们分开吧
趁着热情还没褪
来庆贺的萤火虫
还点着灯

带上我们的行囊
看看异乡的石头
有没有带上
毕竟
之后只有石头和我同行

我们背着
沉甸甸的行囊
除了昨天夜里的天气外
空无一物

这时
想好了最后一个
要问的问题

为什么这场分别的宴席
平淡又剧烈
我们饱食了期盼
最终还是选择了另一边

小巷

小巷里有一只猫
还有一把梯子
一位奶奶在择豆角
门只有一米九
相机只能照着老房子的屋檐
谁都可以从这里经过
然后换一种心情前行

平凡的一日

山头上有一朵云
云对太阳说
你不能出来
那时
有人看见
万木皆枯
唯你白色的花开了满树
成全了它
平凡的一日

告别

——致爷爷

我选何物来陪伴你

我想一定是
你举起的扫把
清了屋顶上晦涩的蛛网
叫我别怕

我想一定是
你那人般高的背篓
那是你丰足的驼峰
背着我
和我的梦

不
也许是你挑水的扁担
蘸取无数滴黝黑的汗水
稳落在你瘦削的肩头

也许是你泡了一天的茶

叶片静躺在墨黑的杯底
用一丝苦涩
慰你缄默的口

也许是你指间的烟杆
你总坐在石阶上
将它咣咣地敲着
敲出漆黑的灰烬
和呛人的愁

也许是一坛高粱酒
总淌在你的喉头
埋在你的心头

也许是你提起的鼎锅
里面熬了你半生的日子
却让我们喝够

我忘了
应是故乡的黄土一抔
用城市的水洗了十个春秋
仍嵌在你的骨血里头

祝祷和应答

人由什么构成
泥土
某天的朝阳和雨露
以及一点对蜉蝣的敬畏

海与我谁更博大
你的祝祷最博大
哪个最渺小
你我最渺小

好
那生命如何来去
花开即来
花开即去

人为何兼有欢乐和苦痛
因为人在自然之外
还创造了爱

所爱饱尝苦痛

我不能相守
我该如何
花顾好自己的叶
养育飞来的蝶

那我什么时候开启人生
现在
和刚才

我为何而来
只为见一只帆

既如此
你为何仍叫我来
因为我有人爱

是吗
那你何时来到我身边
每一个你发问的时刻

你为何祝祷
为我有了皎皎的月
仍不忘了点点的星

你向谁祝祷
向对我发问的人

10

众生相

作者的话：有次和许久未见的朋友去了 M+博物馆，那里的建筑设计别具一格，虽然去的目的是看展览，最后我却拍了很多博物馆内部的照片。我最欣赏的就是上面这一张——墙壁的间隙之间，楼下正好有两个观览的人走过，我在楼上看着他们，又有谁在楼上看着我呢？我以为自己掌握了上帝视角，其实我和楼下的人们一样，不过都是众生罢了。

站

站着
想起了吗
我们说过的谎言
千万条

我们的灵魂轻如鸿毛
不能撑起天平另一头
我们摒弃的一切
最值得纪念
以我们心痛的方式

往事是被砂石卡住的磨盘
即便如此
也要转动它

为了在笔直的树旁站立
我们要挺起弯曲的心
不被柔风摧毁
为了去见皎洁的星
最好身无一物

用谦逊照亮前路

然后
站
绝不后悔
绝不傲慢

他说

踩着希望的鞋
去哪里都是
即将臣服于此的力量

满不在乎吧
别人提起的爱
和笔

总算是用三角梅的汁液
去涂抹了一把
白莲的画
春秋冬夏都盛放
不做独自绽开的美丽
反正没人凝视

一切都在云中过去
风里回来
他拖着所有的一切
走在无人的街上
他说
为什么不能那样

重逢

我们相聚在纸上
等被风翻开
一串风铃飘来，阵阵
木头的声响

我和你被画在石头上
我们被碾成一条曲折的线条
昨日我终究没梦到你
线条把我的心缠绕起来
做成你的模样

我还是要去竹林一趟
你不是在那背后耕作吗
很多蝉声
织成寂寞的网

我挑着水桶
去看那里的一只蟋蟀
我是要去避开它的
所以我要去看它在什么位置

对我来说
你还不是像它一样

我没有重逢的愿望
走过一块石壁时
我只能仰头向它们问好
一切都没有改变
就像石壁周围的花
总是缓慢地生长

我肯定是在纸上再遇见你的
这才不叫重逢呢
那时候我带去了一些冬天
还有一些昨天

我还是要把那支笔交给你
为的是
让你来决定我们的遇见
是短暂
还是漫长

/再/度/远/游/

作者的话：东京的浅草寺附近有很多居酒屋，一到晚间，街上灯火通明，居
　　　　　酒屋内觥筹交错，那景象带给我的感觉就像《晚酌流派》这部日
　　　　　剧带给我的感觉一样，展露出都市人生活化的一面。为什么这一
　　　　　面总展露在晚间呢？大概是因为："昨日没有人从街头路过，为
　　　　　了诉说，他只好夜行。"

凌晨的清洁工

雨夜里
一双湿冷的脚前行
一罐甜而苦的水
被拖曳着

他的工作是
捡拾别人掉落的
瓶子和纸片
风推着它们前行
像海潮推着浮冰

昨日没有人从街头路过
为了诉说
他只好夜行

当他扫去一切
露出城市的脊背
高楼拔地而起
形成宇宙的井

无人的大地上
他拥有一切
纵有一切
也不能
把一块风不休止的角落扫净

即使前夜下了连绵的雪
那不是云要掩盖他的足迹
而是被放过的尘土
要藏起被唤醒的心

画三个抽烟的男人

他们站在雨里
躲在雨里
点燃烟
腿撑着臀部
再撑着上身的衣服
烟雾不曾出来
是被风浇熄

左边男人的眉头
像被揉皱的山
他站在坡上
口罩挂在耳旁
像一只风筝
他哈出的气
即是他企及的
唯一的云

一个男人的背影
像是洒落的泥
别人看他

无论如何不能想象出
春风般的样子
但他的鞋
就像腊月的雪
把夏日的塘泥拒绝

最后那个男人
他在看我
他的眼神像一层薄雾
我被笼罩在凉爽的视线里

我看他
就如看一棵树
他站在树旁
像另一棵树
我走远的时候
他们就一起被雨
缝到了水彩画里

女工

花太重
坠到了地上
湖里漂来远方的水
花没有喝下
只是连着自己吐出的汁液
浇养伟岸的柏树

花想成为一棵棕榈
只需别人割开一个小口
便流出炽热的油

这棵棕榈
不会在干季枯竭
只会积蓄一把
刚好能够使出的
力量
把已经遥不可及的
轻易生长的柏树
托得更高

废屋

这一座废屋
矗立在海岸上
我妄想
能与天地万物
在里面同住

它有一扇破裂的窗
正好透进一束
张狂的光

它还有一堵斑驳的墙
正好
把儿时的风筝画上

大雨下时
无人从屋旁走过
只有一只
寻找温暖的飞蛾
和一束飘摇的烛火

晴天时

我在屋侧

开垦一块土地

种上向日葵

我陪向日葵数几场雨

从花开到收割

然后我写一首诗

匆匆结尾

一万个低头的理由

我也曾见过一朵花的飘落
没有参与鸟儿的悲歌

我也曾剥离一片斑驳的树皮
没有堵住流出的汁液

我也曾轻视即将倾覆的巢穴
没有补上一抹湿润的泥土

我也曾止步于川流之前
没有追随离岸的浪

我也曾踩上破碎的草叶
没有避开脚下的蝼蚁

我也曾立于坡顶
没有仰望群峰

剩下的

我背着他剩下的一切
两条裤子
和好多好多回忆
我左手拿的行李
比这些竟要重上许多

我听了别人关于他的梦
感到惧怕
当我念了无数遍祈祷的话
我终于无愧地落下泪来
在许多人走过的地方

我多希望
自己是迁徙的鸟
向前飞去
不曾回返去看
褪色的羽毛

羽毛之外
总有东西剩下

那些我不背在身上
也不得不带走

剩下的
既不是云烟
也不是磐石
是沉入水中的气球

为这个月亮

仿佛那个月亮
挂在天上
不能向我靠近一分
于是我藏进树里
拼命向上生长
为这个月亮

白日里我截住叶间的瓢虫
吻了它再让它飞走
它会沉醉如饮春水
带着我的心跌跌撞撞
奔向这个月亮

星光隐瞒了真相
瓢虫只顾回返
只为自己
不再为我的月亮

作者的话：妹妹爱着大海，最近的一则新闻让她为受到伤害的海洋伤心不
已，有天谈论起来，竟然愤怒得落下泪来，我为此也心疼不已。
是啊，"渔船拨开黑色的海，投下孤寂的光……孩子仍奔向汪洋，
去寻南海的鲛人和西海的龙王"。

回响

你若执意朝前走去
会听见山间的回响

虎跳下悬崖
奔向不明的山岗
松立于峡谷
挡住清风的吟唱
渔船拨开黑色的海
投下孤寂的光

去吧
尚能遇见天上的鲲
和地下的鹏鸟
混沌之初
没有永远的阴
也没有永远的阳

回响流向环形的岛屿
尚未相见的生灵
撒开囚禁深渊的网

回响传向漫山经幡的雪顶
千手托起的神像
难抚蔚蓝的伤

回响流向
流向扬沙的战场
暂停片刻的号角
朝着手足再度吹响

孩子仍奔向汪洋
去寻南海的鲛人和
西海的龙王

我向四方念起
无声的祷词

回响到来之日
有没有温柔的雨点
怜惜贫瘠的肩膀
有没有仁慈的雪片
相信清白的胸膛

守夜

红日在朝露稀薄时升起
轻抚山川
点灯时候
正像此刻光明将至

天穹睁着疑目
看守夜人坐在
风流连的山岗
一串赶路的驼铃匆匆
与北极星相会

守夜人招手
示意夕阳别落

求雨（组诗）

树

应由我予你一些清凉的水汽
走过脉络清晰
天地在此处相接
如雾如烟

海

独迎江上游来的小船
推却了帆
接下去是汪洋
虹未出现的三江源
才需激起浪花的桨板

风

轻捻无谷的稻穗
拥抱空等的雀鸟
掠过枯黄的田间
唤声潺潺

月

热情的美人
谦和一点
再谦和一点
鸡啼时慢睁双眼
蝉鸣时轻披云衫
蛙声一起
请作客广寒
我也衣裙浅淡
半遮面

人

回还
回还
洒去的
掉落的
汗和泪
通通回还

雨

细珠洗净了叶
清露挽住了澜
光泽投下了影
大雨止住了旱

欢腾的舞蹈
曾浇灌一棵树
守望一片海
追随一阵风
吟唱一轮月

回还，回还
树、月将祷声举高
风、海将它送远

远方

岛屿聚集之处
远方不过是一个豁口
生命和眼神一同
冲破薄翼般的祈愿
通过想象
即可迎上远洋的碧波
从长安去向罗马

作者的话：我和家人去云南旅行时，曾有幸看到过丽江的日出。那时我们住
在一间雅致的民宿里，清晨我们就起床，在阳台上静静地等待
着。阴云渐渐消磨了我们的期待，爸爸妈妈开始进房间洗漱，妹
妹也去玩别的了，我举着手机的手也慢慢放下来……然而，就在
我即将放弃之时，一道光线从阳台上的兰草叶片间照在了我身
上，湿冷的感觉顷刻间被驱散了。那时，我骤然回想起来，我的
生命中曾有过无数个这样的时刻，它们让我心中一些难以说清的
迷茫和困惑，似乎也转化了一些向上的力量。

宇宙一而再再而三地告诉我："渡口前方还有渡口，江流尽
处仍是江流。"而这次，我真的信了。

舟

假如云行到江流尽处
船跨越千山万水来到这里
温和地停泊着

一叶遥远的小舟妄图到此
它乘着激励它的风向云呐喊
只为求渡口尚存的证词

可是云不曾停留于此
它的脚步不仅为这个渡口
还为绕行回起点时重逢的舟

朝晖洒向顺行的浪花时
舟儿停住空转的桨板
仅凭旭日织造的梦境
荡在天地的摇篮里

只要它在理想中沉醉不醒
云就会在黄昏时抵达
为它证实

渡口前方还有渡口
江流尽处仍是江流

11

重生

走

我踩着自己的影子走过来
原想
你若不赠我明月
那便等在那破晓处吧

不
我还是要你走
我要自己去追赶日头
既不用你向我吹来袭人的风
也不用你为我牵来脱缰的马
我自会向着北斗的方向行走

走到大雪纷飞时
我以我的足
为大地献礼
令大地在冬季
也能花开遍地

至于你
请
去开垦你自己的土地

夸父决定东行

太阳在远处
等待着大山揽他入怀
夸父停在一寸之外
向西奔跑了
一万二千年那么长的时间
行星不断落在他身后
叫他回头

他不肯告别
自己爱过的追逐的时光
仿佛只有坚持
才能把走过的土地
变得更有重量

行星不再落下
因为他不愿低头
凝视他的心脏
那里已经空空如也
早忘了曾激怒他的月光

夸父抬起头来
决定东行
为着让太阳来追逐自己

明日不用早起
日光自然会降落到他身旁
他缓步东行的时候
日头越来越高
爬到他头顶上

月亮正向我走来

农人种着一束花
他把麦苗也照顾得很好
不过他仍种着那一束花

趁着阳光好的时候
他穿过麦苗
拍拍它们的叶子
像拍自己的头那样
然后他走到花旁
对着花儿笑
等到太阳落了
花儿的头仍昂着
像是在说
你在这里等等
月亮正向我走来

12

自我

只为这一件事

别的都不论
想的只是这一件事

因为她在市场里
选择先驻足，观看流星雨
而不是拍掉沾在身上的鸡毛

因为她觉得自己实际上正走在银河里
把鱼铺的水坑当成放大镜
给远行的蜉蝣
聚焦一束光

因为她计划着，前往茄子旁
想着调配出一样的紫色
画套衣裳

所以她还有些迷惘
不知要逛逛市场
还是瞧瞧日光

/ 自 / 我 /

如果有一天她决定清理
菜摊下的水凼
也没有哪一个人
会嘲笑她以往
曾
付出稚嫩的盼望

我出生的那一日

我希望
以小号字介绍我个人

用星星的萤火装点我无知的日子
用满山的绿意画我似不在意的青春
拿满月的银灰涂抹我焦躁的岁月
用站立着就很快乐的艺术形成我满意的风格

用我自己的心
听一段自我介绍
然后鼓掌
欢迎我真正来到世间